TABLEAUX

AQUARELLES, PASTELS, DESSINS

11 MARS 1914

CATALOGUE

DES

1° TABLEAUX

Par, ou attribués à :

DAVID, DROUAIS, GÉRICAULT, JORDAENS, LARGILLIÈRE, LEDIEU
VAN LOO, NATOIRE, NATTIER
SALVATOR ROSA, ARY SCHEFFER, TENIERS, J. VERNET, ETC.

Composant la Collection de M. G., de Cosne

2° TABLEAUX, AQUARELLES, PASTELS, DESSINS

Par, ou attribués à :

YAN D'ARGENT, BOUCHER, BERGHEM, BRUGHEL, CANALETTO
CORTÈS, COURBET, GUSTAVE DORÉ
GIROUX, GUARDI, HUET, LANCRET, MALLEBRANCHE, MURILLO, NETSCHER
VAN OSTADE, PANINI, POELEMBOURG, PRUDHON
HUBERT ROBERT, JEAN STEEN, TOCQUÉ, TRINQUESSE, VAN DER VELDE
MARTIN DE VOOS, WATTEAU, WOUWERMAN, ETC.

COMPOSANT LA COLLECTION DE MONSIEUR X...

(DEUXIÈME PARTIE)

Et dont la Vente aux Enchères publiques aura lieu

HOTEL DROUOT, SALLE N° II

LE MERCREDI 11 MARS 1914

A DEUX HEURES

COMMISSAIRE-PRISEUR	EXPERT
M° GASTON FRANÇOIS	**M. GEORGES GUILLAUME**
23, rue Le Peletier	13, rue d'Aumale

EXPOSITION PUBLIQUE

Le Mardi 10 Mars 1914, de deux heures à six heures

CONDITIONS DE LA VENTE

Elle sera faite au comptant.

Les adjudicataires paieront *dix pour cent* en sus des enchères.

Paris. — Imp. de l'Art, Ch. Berger, 41, rue de la Victoire.

DÉSIGNATION

1° Collection de M. G., de Cosne

TABLEAUX

CHAPLIN (Attribué à)

1 — *Portrait de Femme.*

Esquisse sur toile ovale.

Haut., 55 cent.; larg., 45 cent.

DAVID (Attribué à)

2 — *Portrait présumé de Louis Boilly.*

Les cheveux ébouriffés, la tête expressive, il est vêtu d'une redingote brune à col montant.

Toile. Haut., 55 cent.; larg., 45 cent.

DEVÉRIA (Genre de)

3 — *Geneviève de Brabant.*

Toile. Haut., 1 m. 10 cent.; larg., 85 cent.

DROUAIS (Genre de)

4 — *Portrait de Jeune Femme en toilette décolletée, les cheveux ornés de fleurs.*

Toile dans un cadre en bois sculpté.

Haut., 80 cent.; larg., 62 cent.

GÉRICAULT

5 — *Portrait de Femme âgée, coiffée d'un bonnet.*

Toile. Haut., 63 cent.; larg., 52 cent.

JORDAENS (École de)

6 — *Deux Enfants jouant près d'un agneau.*

Toile dans un cadre en bois sculpté.

Haut., 60 cent.; larg., 60 cent.

LARGILLIÈRE (Attribué à)

7 — *Portrait présumé de Nicolas Lancret.*

Toile dans un cadre en bois sculpté.

Haut., 70 cent.; larg., 55 cent.

LEDIEU (Philippe)

8 — *Portrait équestre d'Alfred de Musset.*

Toile. Signée à gauche en bas et datée : *1847.*

Haut., 1 m 30 cent.; larg., 95 cent.

LOO (École de VAN)

9 — *La Femme au petit chien.*

Toile. Haut., 80 cent.; larg., 62 cent.

NATOIRE (Attribué à)

10 — *Vénus et les amours apportant des armes à Vulcain.*

Toile. Haut., 1 m. 25 cent.; larg., 90 cent.

NATTIER (Attribué à)

11 — *Portrait d'une Princesse costumée en Diane.*

Elle est représentée en buste, de trois quarts à gauche, vêtue d'un corsage brodé d'or, le carquois et l'arc pendus à l'épaule ; son visage fin et souriant est encadré de cheveux poudrés, ornés d'un croissant et d'une fleur.

Toile ovale dans un cadre en bois sculpté.

Haut., 65 cent.; larg., 55 cent.

PRUDHON (Attribué à)

12 — *Le Départ d'Ulysse.*

Toile. Haut., 35 cent.; larg., 27 cent.

ROSA (SALVATOR)

13 — *Guerriers au pied des roches.*

Toile. Haut., 45 cent.; larg., 38 cent.

SCHEFFER (Ary)

14 — *Le Poëte Gilbert à son lit de mort.*

Toile. Haut., 72 cent.; larg., 90 cent.

TENIERS (École de)

15 — *Réjouissances villageoises.*

Toile. Haut., 55 cent.; larg., 65 cent.

VERNET (École de Joseph)

16 — *Naufrage.*

Toile. Haut., 45 cent.; larg., 53 cent.

XAVIER (1858)

17 — *Paysages accidentés avec figures.*

Deux toiles se faisant pendants.

Haut., 70 cent. ; larg., 90 cent.

ÉCOLE ANGLAISE

18 — *Portrait de Femme coiffée d'un chapeau à plumes.*

Toile ovale. Haut., 70 cent.; larg., 58 cent.

ÉCOLE FRANÇAISE (xviie siècle)

19 — *Portrait d'Homme à perruque.*

Toile ovale dans un cadre en bois sculpté.

Haut., 70 cent.; larg., 60 cent.

ÉCOLE FRANÇAISE DE L'EMPIRE

20 — *Portrait de Jeune Femme, portant une parure de corail.*

>Toile. Haut., 60 cent.; larg., 50 cent.

ÉCOLE FRANÇAISE DE L'EMPIRE

21 — *Portrait de Femme en robe noire décolletée et ornée d'une ruche de tulle.*

>Toile. Haut., 65 cent. ; larg., 55 cent.

ÉCOLE FRANÇAISE

22 — *Joseph et Madame Putiphar.*

>Panneau. Haut., 70 cent.; larg., 1 m. 05 cent.

ÉCOLE FRANÇAISE

23 — *Portrait de Louis XIV, revêtu de l'hermine.*

>Toile. Haut., 80 cent.; larg., 2 cent.

ÉCOLE DE 1830

24 — *Portrait d'Homme.*

>Esquisse sur toile.

>Haut., 58 cent.; larg., 47 cent.

ÉCOLE FLAMANDE

25 — *Scène de sacrifice. — La Cueillette du Gui.*
Deux toiles se faisant pendants.

Haut., 57 cent.; larg., 70 cent.

ÉCOLE HOLLANDAISE

26 — *Paysage accidenté, avec figures et troupeaux. —*
Toile. Haut., 70 cent.; larg., 95 cent.

ÉCOLE HOLLANDAISE

27 — *Arrivée de cavaliers dans un monastère.*
Toile. Haut., 40 cent.; larg., 50 cent.

ÉCOLE ITALIENNE

28 — *Mater dolorosa.*
Toile. Haut., 48 cent.; larg., 68 cent.

ÉCOLE ITALIENNE

29 — *La Vierge.*
Toile. Haut., 63 cent.; larg., 53 cent.

ÉCOLE ITALIENNE

30 — *Jésus guérissant les malades.*
Toile. Haut., 60 cent.; larg., 50 cent.

ÉCOLE MODERNE

31 — *Buste d'Homme en travesti.*

Toile dans un cadre en bois sculpté.

Haut., 40 cent.; larg., 30 cent.

INCONNU

32 — *Portrait d'un Pape.*

Toile dans un cadre en bois sculpté.

Haut., 65 cent.; larg., 50 cent.

2° Collection de M. X...

(DEUXIÈME PARTIE)

TABLEAUX

AQUARELLES, PASTELS, DESSINS

A. B.

33 — *La Statue et le Faune.*

>Toile portant le monogramme.
>
>>Haut., 44 cent.; larg., 30 cent.

ARGENT (YAN d')

34 — *Scène de la vie des saints.*

>>Toile. Haut., 60 cent.; larg., 44 cent.

BOUCHER (École de)

35 — *La Surprise.*

>Toile-dessus de porte.
>
>>Haut., 73 cent.; larg., 95 cent.

BOUCHER (École de)

36 — *Amours sur des nuées.*

>>Toile. Haut., 1 m. 13 cent.; larg., 1 m. 16 cent.

BOUCHER (École de)

37 — *Les Amours aux colombes.*

Toile. Haut., 82 cent., larg., 68 cent.

Baguette d'encadrement Louis XVI en bois sculpté et peint.

BOUCHER (Manière de)

38 — *Amour couronné de fleurs.*

Pastel.

Haut., 34 cent.; larg., 28 cent.

BERGHEM (Attribué à)

39 — *Pâtres et Bestiaux.*

Toile. Haut., 36 cent.; larg., 44 cent.

BREUGHEL (Manière de)

40 — *Scène de Patinage en Hollande.*

Toile. Haut., 35 cent.; larg., 58 cent.

CANALETTO (École de)

41 — *Cour d'un Palais, animée de figures.*

Toile. Haut., 52 cent.; larg., 68 cent.

CORTÈS (A.)

42 — *Vaches traversant un cours d'eau.*

Toile. Haut., 55 cent.; larg., 77 cent.

COURBET (Gustave)

43 — *Perspective de clocher dans les arbres.*

Esquisse sur toile.

Haut., 33 cent.; larg., 45 cent.

DIAZ (École de N.)

44 — *Sous bois.*

Panneau. Haut., 24 cent.; larg,, 30 cent.

DORÉ (Gustave)

45 — *Lac au milieu des montagnes.*

Aquarelle. Signée à droite en bas et datée : *1881.*

Haut., 53 cent.; larg., 81 cent.

GIROUX

46 — *Maisons de Pêcheurs et barque échouée.*

Toile. Haut,, 31 cent.; larg., 43 cent.

GIROUX

47 — *Bord de rivière.*

Toile. Haut., 23 cent.; larg., 29 cent.

GUARDI (École de)

48 — *Riva degli Schiavoni. Venise.*

Carton. Haut., 47 cent.; larg., 70 cent.

HERVIER (Manière de)

49 — *Le Marché.*

Toile. Haut., 39 cent.; larg., 31 cent.

HUET (École de)

50 — *Pastorale.*

Toile en camaïeu rouge.

Haut., 1 m. 33 cent.; larg., 79 cent.

LANCRET (École de)

51 — *Pastorale.*

Toile. Haut., 95 cent.; larg., 55 cent.

MALLEBRANCHE (Attribué à)

52 — *Effet de neige.*

Toile. Haut., 39 cent.; larg., 31 cent.

MURILLO (École de)

53 — *Le Baptême du Christ.*

Toile. Haut., 49 cent.; larg., 62 cent.

NETSCHER (Attribué à)

54 — *Portrait présumé de l'amiral Trump.*

Toile ovale. Haut., 23 cent.; larg., 18 cent.

NOEL (Attribué à Jules)

55 — *Barques par gros temps.*

Toile. Haut., 34 cent.; larg., 45 cent.

OSTADE (Attribué à Van)

56 — *Le Fumeur et la Vieille au pot à lait.*

Panneau. Haut., 11 cent.; larg., 14 cent.

PANINI

57 — *Guerriers parmi des ruines.*

Toile. Haut., 73 cent.; larg., 57 cent.

PANINI

58 — *Ruines.*

Deux toiles se faisant pendants.

Haut., 24 cent.; larg., 29 cent.

PANINI (École de)

59 — *Villes en amphithéâtre et ruines animées de figures.*

Deux dessus de porte de forme cintrée.

PIERRE (Attribué à)

60 — *Les Laveuses.*

Aquarelle.

Haut., 12 cent.; larg., 24 cent.

POELEMBOURG (École de)

61 — *Nymphes et satyres.*

> Toile. Haut., 67 cent.; larg., 1 mètre.

PRUDHON (École de)

62 — *Sapho.*

> Toile. Haut., 32 cent.; larg., 25 cent. 1/2.

ROBERT (École de HUBERT)

63 — *Le Moulin à eau.*

> Toile. Haut., 70 cent.; larg., 58 cent.

ROUSSEAU (Attribué à)

64 — *Rivière à travers bois.*

> Carton. Haut., 25 cent. 1/2 ; larg., 20 cent.

SAUVAGE (Manière de)

65 — *Enfants jardiniers.*
Toile décorative en grisaille.

> Haut., 1 mètre ; larg., 77 cent.

STEEN (École de JEAN)

66 — *Scène d'intérieur.*

> Panneau. Haut., 46 cent.; larg., 61 cent.

TENIERS (Attribué à)

67 — *Les Fumeurs.*

> Panneau. Haut., 22 cent.; larg., 16 cent. 1/2.

TENIERS (Attribué à)

68 — *Promenade dans la campagne.*

> Panneau. Haut., 33 cent.; larg., 39 cent.

TOCQUÉ (École de)

69 — *La Femme au masque.*

> Toile ovale. Haut., 61 cent.; larg., 53 cent.

TRINQUESSE (Attribué à)

70 — *La Femme à l'éventail.*

> Pastel dans un cadre en bois sculpté à fleurs.
> Haut., 39 cent.; larg., 31 cent.

TROYON (Attribué à)

71 — *Vaches à l'abreuvoir.*

> Panneau. Haut., 25 cent.; larg., 41 cent.

VELDE (Attribué à Van der)

72 — *Paysage accidenté animé de figures.*

> Panneau. Haut., 21 cent.; larg., 35 cent.

VOLPI

73 — *Maisons.*

Toile. Haut., 22 cent. 1/2 ; larg., 31 cent.

VOOS (Attribué à Martin de)

74 — *Betsabée au bain.*

Toile dans un cadre en bois sculpté et doré.

Haut., 1 m. 08 cent.; larg., 1 m. 70 cent.

WATTEAU (École de)

75 — *Réunion de personnages dans un site vallonné.*

Panneau. Haut., 16 cent. 1/2; larg., 29 cent.

WOUVERMAN (Attribué à)

76 — *Cheval et cavalier.*

Panneau. Haut., 62 cent.; larg., 48 cent.

ÉCOLE ANGLAISE (xviiie siècle)

77 — *Portrait d'Homme en habit bleu. — Portrait de Femme en robe décolletée.*

Deux pastels se faisant pendants.

Haut., 55 cent.; larg., 44 cent.

ÉCOLE ANGLAISE

78 — *Maison au bord de l'eau.*

Toile. Haut., 24 cent.; larg., 36 cent.

ÉCOLE ANGLAISE

79 — *Chevaux et moutons traversant un ruisseau.*

Panneau. Haut., 24 cent.; larg., 44 cent.

ÉCOLE ANGLAISE

80 — *Pont sur la rivière.*

Toile ovale. Haut., 33 cent.; larg., 25 cent.

ÉCOLE ANGLAISE

81 — *Jeune Fille assise.*

Toile. Haut., 53 cent.; larg., 36 cent.

ÉCOLE FRANÇAISE
(Commencement du xviiie siècle)

82 — *Le Serment d'amour.*

Toile. Haut., 82 cent.; larg., 64 cent.

ÉCOLE FRANÇAISE (xviiie siècle)

83 — *Sujet galant.*

Toile en grisaille.

Haut., 75 cent.; larg., 62 cent.

ÉCOLE FRANÇAISE (xviiie siècle)

84 — *Femme coiffee d'un petit chapeau de paille, le col orné d'un médaillon.*

Pastel.

Haut., 39 cent. 1/2 ; larg., 29 cent.

ÉCOLE FRANÇAISE DE L'EMPIRE

85 — *Vase de flamme, orné de figures.*

Panneau décoré au vernis.

Haut., 35 cent.; larg., 28 cent.

ÉCOLE FRANÇAISE DE L'EMPIRE

86 — *Nudité.*

Toile en grisaille sur fond bleu dans une baguette dorée à perles.

Haut., 57 cent.; larg., 31 cent.

ÉCOLE FRANÇAISE

87 — *Paysages animés.*

Deux toiles-dessus de portes.

Haut., 84 cent.; larg., 79 cent.

ÉCOLE FRANÇAISE

88 — *Le Bain.*

Toile. Haut., 71 cent., larg., 53 cent.

ÉCOLE FRANÇAISE

89 — *Mouton, colombes et attributs divers.*
Dessin rehaussé d'aquarelle.

Haut., 13 cent ; larg., 18 cent. 1/2.

ÉCOLE FRANÇAISE

90 — *Portrait d'Homme assis et jouant du biniou.*
Dessin au lavis d'encre de Chine.

Haut., 26 cent.; larg., 20 cent.

ÉCOLE FRANÇAISE

91 — *Jeune Femme et musicien.*
Peinture sur papier.

Haut., 43 cent.; larg., 33 cent.

ÉCOLE FRANÇAISE

92 — *Paysages animés ; ruines ; bords de rivières.*
Sept dessins au lavis d'encre de Chine. (Seront divisés.)

ÉCOLE DE 1830

93 — *Moines au pied d'un calvaire.*
Carton. Haut., 18 cent.; larg., 23 cent.

ÉCOLE FLAMANDE

94 — *Orgie d'artistes.*

> Toile. Haut., 81 cent.; larg., 1 m. 42 cent.

ÉCOLE FLAMANDE

95 — *Cour de ferme.*

> Toile. Haut., 55 cent.; larg., 68 cent.

ÉCOLE HOLLANDAISE

96 — *Paysage montagneux animé de figures et de bestiaux.*

> Toile. Haut., 28 cent.; larg., 34 cent.

ÉCOLE VÉNITIENNE

97 — *Vénus couchée.*

> Toile. Haut., 53 cent.; larg., 88 cent.

ÉCOLE VÉNITIENNE

98 — *Entrée d'un port de mer.*

> Toile ovale. Haut., 98 cent.; larg., 70 cent.

ÉCOLE VÉNITIENNE

99 — *La Folie.*

> Panneau. Haut., 33 cent.; larg., 20 cent.

ÉCOLE MODERNE

100 — *Paysage.*

> Toile. Haut., 59 cent.; larg., 48 cent.

ÉCOLE MODERNE

101 — *Perspective de village au bord de la riviére.*
> Toile. Haut., 39 cent.; larg., 31 cent.

ÉCOLE MODERNE

102 — *Le Pont de bois.*

> Toile. Haut., 30 cent. 1/2 ; larg., 25 cent.

103 — Objets omis.